사랑은 하되 미치지는 마라

정옥령 시집

시음사
시사랑음악사랑

시인의 말

엊그제만 해도 춥다. 춥다 했는데
벌써 벚꽃과 배꽃향이 온 천지에
진달래전이 정담을 나누게 하는 이 봄날에
아름다운 나만의 시집을 갖게 되어 기쁩니다.

오늘은 논둑길에서 쑥을 캤습니다.
손끝으로 전해져오는 엄마의 구수함이, 코끝으로 전해져오는 봄내음이
가슴을 찌릿찌릿 울리더군요.
저의 시도 이 쑥 향처럼 가슴을 깨워 겨울을 잊게 했으면 합니다.
언제나처럼 엄마로의 귀향을 꿈꾸면서 말입니다.

달빛 아래 벚꽃 주막에서 달달한 대화를 나누어보세요
시 한 수 떠오를 거예요
시는 누구나 흥얼거리고, 누구나가 시인이지 않나 싶습니다.
가슴을 울리는 모든 것들이 시에서 비롯되니 말입니다.

오늘이 있게 다독여 주고, 위로를 아끼지 않았던 신랑님께
감사의 맥주 한 잔 올리옵고,

아름다운 봄날을 만들고, 만나게 해 주신 모든 분들에게 감사의 매화차 한 잔 올립니다.

시인 정옥령

* 목차 *

* 목차 *

* 목차 *

QR코드 스마트폰으로 QR 코드를 스캔하면 시낭송을 감상할 수 있습니다.

본문 시낭송 감상하기

제목 : 시집 가던 날
시낭송 : 박순애

제목 : 양귀비
시낭송 : 최명자

제목 : 오늘만큼은
시낭송 : 임숙희

할미꽃

이른 봄!
내 할머니의 산소 옆에
단아하게 자리 잡고
나를 반기는 할미꽃

오롯이
내가 오기를
기다리고 또 기다렸다는 듯이
그 부드러운 솜털 사이로
손 내밀어 내 머리를 쓰담는다

백발이 성성할 때에도
허리 한번 휘지 않았더랬는데
이제 와 보니
허리가 휘고 휘어
아무리 주물러드려도
그 허리는 자꾸 고개를 숙인다

다락 한 켠에서
사탕이며 곶감을
아버지 몰래
내 자그마한 손에
한 움큼씩 쥐어주시던
주름진 그 손이
이제 검버섯 피어 내 머리를
쓰담고 또 쓰담는다.

할매는 늘 그랬다

이른 새벽부터 바스락 바스락
보자기 하나하나 펼쳐 놓고
또 세고 또 확인하기를 수십여 차례

곰방대 연기 따라 숫자들도 춤을 추고
보자기 속 여울들도 뒤뚱뒤뚱

행여나 하는 노파심에 또, 또, 또
한 시진이나 저러고 계시다니
혹여 치매?

어디 한 번 마실 가기가 이리도 번거로울까?

성황당

사백 칠십 여든이나 먹은
허리 구부정한 할매가
뭔 멋을 부린다고
바람 쌩쌩한 이 추운 날에
노랑 빨강 파랑 색동저고리 걸쳐 입고
길 한복판에 턱 하니 버티고 서서
오색빛깔 흩날리고 있다냐

각양각색의 소원과 삐뚤빼뚤 돌조각들의 탑
여린 손끝 소망들
할매? 할매?
들었소?
들어는 주었소?
모두가 지하기 나름인데 말여라
그래도 할매 믿으니 빌었겄제
아니여라?
굽이굽이 살펴 영험한 마음 듬뿍 뿌려주시구려
이것저것 다 자시고 힘내서….

나도 할매만 믿으오.

꽃분이 할매

노인정 발코니에서
하얀 자태 뽐내며
가는 사람 오는 사람
눈길 잡고 손길 잡아
뺨치는 센스로
사진 모델 된 꽃분이 할매

꽃분이 할매
치매 걸리기 두 해전에
뿌렸던 씨앗인데
할매 저 세상 가고 나니
꽃분이 할매 마냥
오지랖 떨며 발코니에서
떠날 줄 모르는 하얀 성심

몽글몽글 피어
턱 허니 입 벌리니
하이얀 젖내
몽실몽실 피어난다
꽃분이 할매 마냥

어린 가슴 쓰다듬고
흘깃흘깃 훔쳤던
폭신폭신 꽃분 할매
이부자리만큼이나
곱닥하다.

할머니의 고무신

"엿, 엿 사시오. 엿,
둘이 먹다 하나 죽어도 모를
울릉도 호박엿."
장날이면
엿장수 아저씨의 목소리는
시커먼 가위질 소리와 함께
온 동네를 울린다

코흘리개 아이들은
언니, 오빠의 손을 잡고
침을 꿀꺽꿀꺽 삼키며
아저씨의 뒤를
졸졸졸 시냇물 흐르듯 따라다닌다

우리 집엔,
아이들이 많아
엿 바꿔 먹을 것이 하나도 없어
난
마루 밑 안쪽 깊숙이
간직되어있는
할머니의 꽃고무신을
가위로 자르고

아저씨의 눈을 피해가며
얼른 달라고 자꾸 조르고 졸라 호박엿 한 가닥
콧물 슥슥 닦아가며

담장 밑에 숨어
숨소리도 죽인 채
핥아먹고도 모자라
자꾸자꾸 나무젓가락을 씹는다

할머니는 아셨을까?
지지리도 못난 이 손녀가
할머니 고무신을 상처 내었던걸

화로

타다닥 탁 타다닥
화로 위의 조그만 장작들이 춤을 춘다
빨리빨리 고구마를 구워달라고
빨리빨리 이야기 들려달라고

할머니의 곰방대 연기는
달콤하게 방안을 돌고 돌아
초롱초롱 빛나는 6남매의
눈동자와 군고구마 위로 사뿐히 내려앉아
긴 이야기의 서막을 재촉한다

산골 6남매의 시리운 겨울밤위론
안마당 똘이의 외침과
사푼사푼 내리는 새하얀 백설의 추억과
동치미 국물 한 숟가락과
군고구마 한입과
할머니의 동화 속 추억과
달빛 서러운 노랫가락 속으로 잦아들고

화로 속의 온기와

방바닥의 뜨끈한 기염들은

자꾸만 자꾸만 감기우는 눈동자들에게

화로의 긴 추억 속으로

타들어 간다

타다닥 탁 타다닥

Busy day

찜통 속 땀이 소나기 되어
등골을 타고 흘러내린다
할 말 잃은 영감처럼
Busy work일지라도
Busy, Busy
Busy, Busy 하면서

막걸리 한잔에
기나긴 푸념들 사이로
뭉게구름 흘러간다
꼴깍꼴깍 할멈의 망태처럼

모두가
busy, busy 하지만
누구나가
Busy, Busy 하지는 않는다

Busy, Busy 하면서
느티나무아래 그늘
쿵더덩 쿵더덩 쿨 하는
볼 패인 누렁이처럼

곤밥 생각에

어린 것이 어린 것이
자기 키보다도
자기 몸보다도
더 커다란 짐 보따리들을
지고 들고
생선 함박 이고 가는
엄마의 가녀린 어깨선을 따라
발걸음을 재촉한다

생선보다 엄마보다
저녁에 먹을 곤밥 생각에
입꼬리를 귀에 걸고
무거운 것도 언덕배기도
잠시, 잠시 잊은 채

누렁이와 나팔꽃

논두렁 위 워낭소리
누렁이의 아침 인사 음~~머~~
느티나무 애기들과 늦잠 자던 나팔꽃
화들짝 놀라 두 눈 비비며 기지개 켜는 아침

누렁이의 발자국 소리 따라
나팔꽃도 몸단장 분주하다
아침을 거르고 느티나무 밑둥 의자 삼아
세상 구경 사람 구경 삼매경에 빠져버린 나팔꽃

누렁이의 침 가득한 부비부비 사랑에
나팔꽃 거나한 새참 한 상 차려내니
누렁이 행복한 워낭소리
온 마을에 울려 퍼지고

누렁이의 이른 귀가에
나팔꽃 심드렁
누렁이에게 삐졌다
나팔꽃 누렁이만 바라보다 달님과 눈 맞춤 해버렸다

은행나무와 바람

노란 구린내 풍기며
밤새 바람에 시달려온
황금빛 알알들

이른 새벽 등 굽은 할매, 할배가
커다란 쌀자루에 삽으로 퍼 담아
리어카에 싣고 가고 나면

남은 알갱이들 이리 뒹굴 저리 뒹굴
잠시 일광욕 삼매경에 빠진다

햇살이 조금 잦아지면
애기 업은 새댁, 파마머리 아줌마부대
가방 들고나와 흰 면장갑 끼고
수다 떨며 한 알 한 알 주워 담는다

늦은 오후 근처 회사원, 동네 사람들
후르르 후르르 삼삼오오 짝지어
못 다 나눈 얘기 들썩이며
검은 봉투 가득 노오란 영양을 채운다

밤이슬 내리는 시간이면
또다시 바람은 같이 놀자며
은행나무 흔들며 떼를 쓴다.

소독차

내가 초등학교 다닐 때
비 온 다음날은 어김없이
하얀 기체 가루 날리며
확성기 요란하게
골목골목 돌아다니던 트럭이 있었지

동네 아이들은 기체 가루 마시며 뜀박질하고
엄마들은 온 집안의 문이란 문은
죄다 열어 놓았었지
소독되라고

그래도 머리엔 이가 떠나지 않았고
콧물 줄줄 흘리고
손등은 거북이 등껍질이었지

사람들은 알기도 전에
기체 가루 몸 안에 쌓여갔었지
그래도 그게 선진국에서 온 방역제였지
몸에 엄청 안 좋은 거라서 그런지
가끔은 그 냄새가 그리워져

그때는 위생이 엉망이어서 생긴 현상들인데
지금의 아이들은 왜 괴기한 병마에 시달리는 걸까
그 아니 좋다던 기체 가루 마시고 다녔어도 건강만 한데 말이지

소독차
지금이 더 필요한 거 아닐까 싶어.

일흔여섯 살

나는 일흔여섯 살
땅속 검풀 집에서 번데기 꿈틀이로
이날이 오기를 기다리고 또 기다렸다오

세상에 부는 바람
태양 머금은 흙냄새 코끝으로 삼키며
오늘이 빨리 내일이 되기를 기도했다오

수많은 시간이 정적에 잠긴 어느 날
난 여느 매미들처럼 몸을 비틀어
날개 끝 더듬이 세상 밖 공기를 마시네요

단풍나무 가느다란 가지 끝에서
나의 노래를 애처로이 부른다오
단 한 번뿐인 기회를 잡으려

두메 산길

뱀 똬리 틀은 구불구불 좁다란 길
두루마기 소매 깃 휘리릭휘리릭
안개비 속 갓 고쳐 쓰고 보니
캄캄한 하늘 시커먼 여섯 자 키다리들이
봇짐이라도 낚아챌 양인지 길게 목 드리우는 밤

깜빡깜빡 호롱불 사이로 낯선 시선들 모여들고
어디서부터 시작되었는지 한 무리의 짐승 소리 창궐하니
여기가 이승인가? 저승인가?
'내 사내이거늘 내 사내이거늘'
눈 떠 보니 심심두메 초가집 행랑이어라

야반도주

칠덕이와 향순이가 보따리 하나
봇짐 삼고 야반도주를 한다

허어 칠덕이 놈 봤는가?
두 눈알 희번덕거리며 향순이 손
단단히 붙들어 매고 씩씩거리네

누가 메주콩 닮은 향순이한테 눈길 돌린다냐?
칠덕이 네놈만 콩깍지 안경 썼지

누가 볼세라 국밥 한 그릇 뚝딱 비우고
종종걸음 휘리릭 산 하나를 후다닥 넘기 운다

혹 무에라도 쫓기는 모 마냥

어느 날의 행복

타일들 사이로 별들이 반짝인다
북두칠성을 지나 카시오페이아를 따라
페가수스의 다리를 건너 안드로메다의 정원 속으로 걸어
들어간다

그곳에서 며칠 동안 간직했던
아픔과 번뇌들을, 아쉬움을 뒤로한 채
범핑카를 타고 폭포의 눈 속으로
나를, 나의 온 열기를 내어 뿜는다

가슴을 부여잡고 아랫배에 힘을 주어
자그마한 연못 속으로
나의 잔재들을 쏟아 내어놓고 또 내어놓는다
아름다운 땀방울과 애정을 담뿍 담아

학동역 10번 출구

오늘도 헉헉대며 버스 시간을 간신히 맞춘다
늘 마다 만원인 버스를 타고
서울역 버스환승센터에서 갈아탄다
이제부터는 느긋하게 앉아서 할 일 하며
학동역까지 흔들흔들

학동역에 내려 10번 출구로 종종걸음 한다
고소한 버터 향과 아메리카노의 유혹을
뒤로하고 줄을 선다

이 많은 사람들 어디서 왔으며 어디로 사라지는 걸까?
점심시간에 우리 가게에는 얼마 보이지도 않는데 말입니다
기나긴 행렬? 마치 배급 줄 같다
꽁지가 꽁지를 물고 늘어선 갓 태어난
생쥐들 마냥 꼬리가 꼬리를 문 채
한발 한발 내딛는다

계단을 오르며 아침 운동을 하고
버스에서 흔들거리며 균형감각을 익히고
사람 사는 향기, 사람 냄새 속에 나를 던진다
학동역 10번 출구는 항상 만 원씩 받는다
그 돈 다 어디로 갔을까나?

어, 어, 요놈 봐라

쬐꼼만한 바퀴벌레 한 마리
추르릅 쏜살같이 벽면을 탄다
쿵푸를 하면서 잘도 빠져나간다
어, 어, 요놈 봐라
재밌냐? 재밌냐? 술래잡기!

초록 두발 위로위로 엉금엉금
손가락 하나 머리를 툭 친다
어, 어, 요놈 봐라
톱니 발톱 내밀어 즉시 반격해온다
찰나의 번뇌라도 자를 듯이

팔랑팔랑 사뿐사뿐 우아한 날갯짓
커다란 집채 사이를 요리조리
이마 위엔 자그마한 저수지 하나 생겼다
어, 어, 요놈 봐라
난, 난 삐졌어요 슬프게 슬퍼서

난, 난 노린재
나를 건드리지 마시오
빗자루 한 섬 툭, 툭, 툭
방귀 뿡뿡, 뽕뽕, 퐁퐁, 풍풍
어, 어, 요놈 봐라
으윽, 경고 무시한 지독한 형벌

한강

난 네가 그리웠었다
내 아이들의 유년의 추억이 있는 곳
그 추억의 끝에 지금 내가 서 있다
너의 향기를 품고서

내 가슴속 깊은 곳에 너를 밀어 넣는다
너의 숨결을
넌 아무런 말없이 내 곁을 스치고 지났겠지만
난 너를 마주보며 내 아이들의 삶을, 미래를 바라보아야만 했었다
너의 가지들을 보면서

10년이 지난 지금
그때의 너처럼 너는 유유히 내 곁을 스치고 지나가는구나
내 추억의 끝자락을 꺼낼 사이도 없이
나는 너를 다시금 품는다

내가 지고 가야할 내 노년의 삶을 너와 나누고 싶어서
너에게 기대어 내 긴 머리카락을 드리우고 싶어서
내 가슴속 깊은 곳에서 너를 다시 기억 할 수 있도록

달

날 따라온다 달
날 따라온다 달
저리 가라 해도 오고
멈추라 해도 도통 말을 듣지 않는다

환한 미소 머금고
밤길을 밝히며
얼굴 부비며
내가 어찌어찌 될까보아?

난 괜찮아
난 괜찮아
보디가드 내가 보디가드야 라며
한시, 반시 눈을 떼지 못한다.

포플러와 깨복쟁이들

포플러 잎 사이로 햇살이 비추인다
가만히 보고 있자니 어릴 적 추억이 아련히 스치고 지나간다

나의 친구야!
비 오는 날 우리 얼굴보다도 더 큰 포플러 잎을 머리에 이고
하염없이 뛰었던 날들이 기억나니?
가끔은 우산으로 가끔은 양산으로
우리들의 사정에 따라 바꿔치기했었던 날들

그 잎 사이로 너희들의 얼굴이 아련히 스치고 지나간다
지금은 어디에서 무엇을 하고 있을까?
내 나이 듦이 너희들을 찾아간다
기억 또한 가물가물한 얼굴들이 보고 또 보고 싶다

내가
너희들을 찾아간다
유년의 즐거움이 가득한 그 곳으로
이제는 낯선 이들의 놀이터가 되어버린 그곳으로
우리 다시 만나면 그 시절로 돌아갈 수 있을까
하루 종일 재잘거렸던 그 시간으로

포플러 잎 사이로 퍼졌던 그 달콤한 솜사탕의 추억 속으로
진흙탕 속의 닭싸움의 열기 사이로
냇가에서의 발가벗음의 순수한 우정 속으로

나의 아련한 기억 속의 미소들이여
우리 떠나자
그때 그곳의 웃음소리 속으로

돈지랄

돈이 없어 돈지랄을 했다

있는 돈 없는 돈 쪼개고 쪼개서 선물했더니
필요 없단다 그런 것
허~참
사람 마음이라니

돈 없는 서러움 알기에 기부했더니
외제 차에 고급레스토랑이 삼시 세끼란다
허~참
사람 마음이라니

직장동료의 슬픈 소식에 십시일반 마음 보태줬더니
해외여행에 명품쇼핑을 다녀왔단다
허~참
사람 마음이라니

열 길 물속은 알아도 한 길 사람 속은 알 수 없다더니

고샅길

담쟁이 넝쿨 따라
검은 눈동자
그림자 따라 새콩새콩

때때옷 입은 선머슴 딸래미
뒤뚱뒤뚱 오리 궁뎅이
물 웅덩 폴짝폴짝

해맑은 웃음소리
탱자나무 따라
도랑에 사뿐사뿐 걸음마 하면

봄 요정님 햇살 만발하고
겨울 도련님 하이얀 사탕가루로 화답하니
온 동네 천방지축 향내, 굴뚝을 타고 흐르네.

꼬마아가씨

꼬꼬마 아가씨가
연분홍빛 우산 사이로
활짝 웃고 있다

어제 저녁 아빠가 사다 주신 우산과 장화
반짝반짝 꽃잎이 떨어질세라 조심조심
빗방울 묻을세라 살금살금

옆에서 빗방울 튕기우면 살짝 눈 한번 흘기곤
소맷자락 쭈~욱 당겨 닦는다
지나가던 차가 흙탕물을 한 바가지
부어주곤 쏜살같이 달려가 버리자

급기야는 참고 참았던 울음보를 터뜨린다
우산은 꼬~옥 쥔 채로

보슬이 밥

보슬보슬 보슬비가 보슬밥을
참 많이도 먹었나 보다
울 엄마의 근심을 반찬 삼아
옷 젖을 만큼 그릇에 담아
간장 한 종지에 깨 가루 조금 뿌려

대롱대롱 처마 끝에
자그마한 연못도 잘도 만든다
누가, 누가 거기에 살고 있는지는
보슬비만 알겠지?
온종일 추적추적

울 엄마는 밖 한 번 보고 한 숨, 두 숨
울 아빠는 파전에 막걸리 탁사발 후루룩
탱자네 집 탱자하고 사돈을 맺었는지
누룽이네 하고 사돈을 맺었는지
허허허, 막걸리와 친구가 되었다.

아버지

밤길을 달리고 달려
어슴푸레한 새벽빛 사이에
도착한 나의 아버지의 집
서리 내린 지붕 위로
아버지가 손짓하며
환한 미소를 내어놓는다

외로우시면 어떻게 하나 걱정했는데
조상님들과 윗집 아랫집으로
벗 삼아 있으니 덜 외로워 보여
조금은 위로가 된다

어서 오라며, 수고했다며,
올해 풍년이라며
보랏빛, 하얀빛 가득 머금은 도라지를
보따리, 보따리 챙겨주시며
꼭꼭 달여 먹으라신다

못난이를 제일로 예뻐해 주시더니
아직까지도 그 연민의 정을
끊어내지 못하고 계시는 듯하여
눈물이, 눈물이 도랑을 채운다

아버지는 아버지인가 보다.

온기

저만치 당신이 보입니다
손 흔들며 당신을 힘차게 부릅니다
군방 색 모자 속의 주름진 얼굴이
손 흔들며 밭고랑 사이를 뛰어옵니다

언제 오셨는지 차갑고 시린 손이
내 손을 감쌉니다
거칠어진 손이 보드라운 내 손을
차갑고 시린 손이 온기 흐르는 내 손을
"추운데 뭐 하러 나왔어"라며
내 손을 자꾸자꾸 주무릅니다
정작 당신 거칠어진 차가운 손이 더 안쓰러운데...

내 손이 점점 차가워집니다
내 안의 온기 당신에게로 옮겨갔나 봅니다
행복합니다
이렇게라도 당신에게 나를 줄 수 있어서

당신은 사랑입니다

당신은 사랑입니다
마음에 가슴에 씨앗 하나 심어
꽃망울 터뜨릴 수 있게
다독여 주시니까요

당신은 위로입니다
밤새도록 눈두덩이 다 붓도록
등 따스이 두드려
그 어떠한 푸념도 다 들어 주시니까요

엄마의 외상장부

피난민들로 북새통을 이룬 항구 한 켠에
엄마는 선술집을 오픈하셨다

처음 해 보는 장사
낯선 이들의 집적거림
낯 뜨거운 농
행패 뒤에 오는 파장

모두 모두 세상 때문이라며 참고 참으셨다

날마다 사람들로 북새통을 이루는데
집에 들고 오는 돈은 얼마 되지 않았다
그리고
쌓여가는 공책들

고생만 하시다가 엄마가 돌아가셨다

자진 납세하는 분도 있고
떼어먹어 버리는 분
힐긋힐긋 눈치만 보는 분
여러 부류의 사람들

돈이 필요해서 엄마의 장부를 펼친 순간
우리는 경악했다

알 수도 없는 이름들과 암호화된 숫자들
코주부 영감 1전 개똥이네 – 양쟁이 셋
예절이 1곱 파란 선장 5되.

내가 사랑 할 사람

내가 사랑 할 사람
그대입니다

보푸라기 흩날리며
살포시 뺨 위로 내려앉는

가을의 석양 속으로
붉은빛 물들인 갈대로 오는

한 겹 한 겹 수북이
소프트아이스크림으로 태어나는

여름밤 모깃불 쑥 향 가득히
옛이야기 싣고 오는

그대 내가 평생을 사랑해야 할
젖내 풍기며 다가가야 할
내 사랑입니다.

서대문 형무소

누가 이리도 슬피
울음을 삼키고 있는가!
새하얗게 피어오르는
굴뚝의 향연을 들으며

누가 소나기 젖어 드는 이 밤에 숨죽이며
온몸으로 해일을 토해내고 있는가!
지하실 그 어둠의
고통에 찬 신음소리 들으며

누가, 누가 여린 가슴 부여잡고 밤의 미로에선
기나긴 역사의 추억을 말하는가!
땅이 갈라지고
하늘이 신음을 토해내는
이 짧은 심장의 소리 앞에 앉아
두 손 핏방울 아련히 지워가며

屠戮 (도륙)

하늘엔 먹구름 가득한데
비둘기 떼 줄지어 먹이 사냥 바쁘다 하고

친구들은 금줄 메인 아낙 따라
하나, 둘 어디론가 사라져
눈물 소리 비 되어 도랑을 넘나들고

한바탕 소나기 내리고 나면
피비린내 섞인 망치 하나
덩그러니 내 옆을 지키고 있구나

어디론가 팔려 간다
어디, 누구에게 가는지도 모르는 체
시루 속의 콩나물 되어

焉敢生心(언감생심)

팔다리 꽁꽁 묶어
광화문 네거리에 전시하시오
까마귀 떼 구경나와
콕콕 쪼아

이곳저곳
아픈 생채기 보며
위안받을 수 있게

나체 빙 만들어
방방곡곡 돌고 도시오

지나가는 햇빛
흘러가는 바람에
피눈물 묻어나와
그 잔해 잊혀지지 않도록

노란 리본

노란 리본 달고
손에 손 잡은
어린 영혼들

낡은 마루 위에서
친구를 먼저 챙겼던
여리고 여린 어린순들

이제는 죽음이 되어
이제는 부모의 한이 되어
이제는 강바람, 바닷바람 넋 되어
이곳저곳을 두리번거린다네.

연막탄 사이에선

희뿌연 연막탄 사이로 울부짖음이
비명들 가운데 서 있고

경찰들의 무차별한 구타 속에
한 아이가 절규를 토해낼 사이도 없이
피투성이 몸뚱이가 식어가는 도로 한복판

비둘기는 발길에 차이고 밟혀
그 두 눈도 못 감은 채 숨을 헐떡이며
나오지도 않는 소리를 삼키고

그 위를 펌프 속 물주기를 뿜어내는
동족이 동족을 살육하고
그 잔해를 청소하는 모질고도 모진

가진 자가 더 가지기 위해서
마지막 인권을 고문하는 연막탄 세상

빵 아니면 자유를 달라 하니 비스킷을 먹으라한
여왕보다도 더 무지한 가진 자들의 공격

살을 에이는 이 바람은 어디로부터 시작된 걸까

진영 댁

아이 여섯 잉태하여
둘은 세상 구경도 못 하고
이승을 등지고
남은 넷
그중에서도 둘은 타국 땅
이름도 모르는 이의 품으로

과부 되어 논밭 잃은 설움 삼키며
남은 둘 열심히 키웠건만
나이 들어 자리보전한다고
양로원으로 보내어진 진영 댁

치매도 아닌데
그냥 우울증으로 소리 좀 질렀는데
하나밖에 없는 아들놈은
지 여편네 말만 듣고
곱게 키운 딸년은
저 사는 것 바쁘다고
해준 게 뭐 있냐고
소리소리 지른다

진영 댁 가슴앓이는 알기나 하는지
그동안의 설움은 알기나 하는지
양로원으로 보내어 놓고
쳐다보지도 않고 내팽개친 진영 댁

돈 필요하면 오겠지~
돈 필요하면 오겠지~
돈 필요하면 오겠지~

요즘 아이들

사람들은 말합니다
요즘 아이들 버릇없다고
저는 말합니다
요즘 아이들 예의 바르다고
버릇이 없는 건
어른들이 먼저 시비를 걸기 때문이라고

사람들은 말합니다
요즘 아이들 막말한다고
저는 말합니다
요즘 아이들 말 가려가며 할 줄 안다고
막말을 하는 건
어른들이 먼저 막말을 하기 때문이라고

사람들은 말합니다
요즘 아이들 어른도 몰라본다고
저는 말합니다
어른들을 몰라보는 건
어른들이 어른다운 언행을 하지 않아서라고

단언컨대 요즘 아이들

기성세대가 생각하는 만큼

되바라지지 않았습니다

모두 다 어른들이 그렇게 만든 것뿐

남불내로하는 어르신들

요즘 아이들 집에 가면 다 귀하신 분들이지요

가족

신문 지면의 노년
뉴스 속의 노년
우리는 노년을 냉대하며 살고 있진 않을까?
가족이라 말하면서
사랑한다 말하면서

나도 너도 백발의 노년을 맞이할 텐데
무참히 버려지고 버리고 있지는 않을까?
타인이라서, 버거워서, 짐이 되어 버려서
쇼윈도 속의 노년으로
거리의 노년으로
누군가의 이용물인 노년으로

가족이라 말하면서
사랑한다 말하면서

홍수

하늘이 시커먼 먹구름을 낳더니
천둥을 품고 번개를 토해내다
그리곤 이내
새하얀 물줄기를 뿜어내는구나

나뭇가지 흔들며 포효하는가 싶더니
찰나에 전선줄 올가미 매어
회오리바람 토네이도 소용돌이 속으로
밀어 들이는구나

그렇게, 그렇게
너는
인간 세상을 정화한다는 명목으로
물바다 울음바다 만드는구나

무엇이
어떤 것이
너를
이렇게
무참히 비명횡사에 가담케 하였는가?

해탈

빗방울 소리
풍경소리
화음을 일깨워
산사의 법문을 퍼뜨리고

고개 숙인 중생들
나지막이 들리는
목탁 소리 사이로
세상 번뇌 煙霧로 울리우고

범어 속의 아리아
정진하고 또 정진하여
합장한 두 손
나무아미타불

풍경소리

절벽 위 위태로운 대웅전
처마 끝에 빗방울 날리며
세상의 중생들에게 고한다
챙그랑 챙그랑

깊고도 깊은 산속의 한켠
이른 새벽의 고요함을 깨운다
비구니스님의 애환을 담아
찰그랑 찰그랑

도심 속 예불 소리 따라
합장한 두 손 心相應行으로 타계하니
찰나의 번뇌 가엾다 고하나니
댕그렁 댕그렁

業

가랑비 소낙비 되어
산사의 처마를 튕기면
바람은 풍경을 흔들어
만 가지 근심 아쟁에 담아 내리고
큰스님의 퉁소 가락에 춤사위 한판

너나 내나
세상에 業으로 태어나
業을 功德으로
空德이 다시 業으로

空手來空手去
있고 없고가 무슨 樂이었던가
그저 범어에 실어
구중궁궐 애닯은 거문고 되는 것을

누가 오라 했으며
누가 가라 하던가?
다 부질없는 잡념이었던 것이었거늘

보시하고 오던 날

강나루 한 켠을 새벽부터 전세 냈는데
전셋값은 고사하고 월세도 못 내는 형편이니
이래서야 어디 낚시할 맘 생기겠는가?

수초며 바위 間에 던져도 미끼만 톡톡
그렇지
날이 이리 더운데
자기들도 운신하고 싶겠는가!

얼음도 바닥나고 군것질거리도 바닥나고
해서
월세 대신 입장료 도로 돌려주고
남은 미끼 보시하고

살림살이 살뜰히 챙겨
타박타박 강둑길을 걸으니
서운함보다 아름다움이 눈에 가득 차더이다.

가을의 유희

끝없는 갈대의 유혹
하이얀 함성의 물결
그 속에 내가 있다
바람이라는 이름으로

억새꽃 눈물 해넘이
붉은 입술 바스락거리는
그 속에 내가 있다
가을이라는 이름으로

바람

바람이 분다
습하고 볼을 얼게 하는 차가운 바람
억새꽃 눈물 흘리며 명태 말리는 바람
수평선 너머로 해풍 맞아 명태의 몸을 녹여
꼬들꼬들 다림이 방망이에 고단했던 시간들
콧등 아리게 하는 바람이 분다

바람이 분다
매콤짭짤한 비릿한 바람 따라
엽전 찰랑이며 탁배기 시름 일렁이는 바람
거북손 버얼겋게 노을빛 따라
맷돌 위 콩 가는 맷돌 매 숨소리 차오르는
두 가슴패기 허허한 공간
톱니바퀴 어그적거리는 바람이 분다.

푸지락 푸지락

울뚝불뚝
옹기종기
삐죽빼죽
서로가 옥신각신

사람들 틈새에서
건물들도 앞 다퉈 티격태격
회색빛 도심의 풍경

초록색의 연심도 잠시
희뿌연 내음의 인사들
누가 누구를 어쩌구 저쩌구

사람 따라 건물들도 나무들도
길가에 버려진 쓰레기들도 티각티각
앞 다퉈 피는 꽃들도 아니면서
푸지락 푸지락

모두가 사람들 豕心 때문에

사계절이 오는 소리

몸이 찌뿌듯하다 했더니
봄이 오는 소리라 합니다

마음이 울렁파도를 탄다 했더니
가을이 오는 소리라 합니다

눈이 커지고 귀가 간지럽다 했더니
여름향기 바다가 보고픈 소리라 합니다

다리가 천근만근 햇살이 그립다 했더니
보랏빛 하늘 하얀 눈이 소복한 겨울이 오는 소리라 합니다

누가 가을인가?

잎 하나
살포시 발등 위를
붉게 물들이고

바람결 한 잎
슬그머니 산자락을
샛노랗게 물들이고

한들한들
회색빛 어둠 속
억새풀 꽃잎들의 속닥거림

누가 가을인가?

가을이 누구인가?

겨울밤

하얀 눈이 내린다
파아란 낮에도 까아만 밤에도
온 세상을 새하얀 옷으로
입히고 또 입힌다

그럴 때면
멧돼지며 호랑이의 발자국이
마당 가득히 잔치를 연다
누구의 발이 큰가내기를 하면서

生

전생에서 나는 건축가였었소
공학도에 화가와 수학자이기도 했었지
과학과 수학이 만나 한편의 전설을 만들기도 했었지
내가 살았던 세상
그곳은 아름다움이 많았던 멋진 곳이었소

이승에서 나는 법관이란 모자를 썼구려
모든 방면에 知를 가지고 있어야 하는
마음은 너그러워야 하고 머리는 냉철해야 하는 지혜로운 자리
장미의 향이 되었다가도 포르기네이가 되어야 하는
외롭고 날마다 허망한 시간 속에 나를 묻어야 하는
나는 타인들이 생각하는 그런 자리에 있지 않소이다

다음 생에는
화가이면서 시인이고 요리가이면서 여행자였으면 하는 바램이오
여행길에서 만나는 많은 것들을 화폭에 담고
한 줄 시로 승화시켜 요리로 담아내는
나는 떠돌이 샌님으로 살아보고 싶소이다
시 한 편과 사랑, 멋들어지지 않소?

츤데레

자기야, 이것 좀 따줘
어휴, 그것도 못 따?
그러면서도 친절히 뚜껑까지 벗겨서 건네준다

자기야, 이것 좀 내려줘
어휴, 가볍구만 이것도 못 내려
그러면서도 내려서 먼지까지 털어 내준다

자기야, 끝났어 버스 타고 갈게
어휴, 기다려 길치가 또 반대로 가려고
그리곤 아무리 먼 거리도 태우러 와준다

자기야, 이것 좀
자기야, 이것 좀

틈만 나면 부르고 또 부르고
쉬라고 해놓고도 부르기 일쑤

그래도 나의 츤데레는 투덜거린 적이 단 한 번도 없다

묵묵히 와서 나를 감싸주는 츤데레
세상에 하나밖에 없는~

바다와 나

꼭두새벽
모두가 잠든 밤
슬며시 기지개 켜고
달순이와 나란히 뚝방길 걸어
등대 앞 테트라포트 노린자 자리로

여기저기 적당히
낚시채비 마치고는
새우 미끼 끼워 저 멀리 던져놓고
달순이와 따듯한 커피 한 잔

파고가 나를 안아주기를
내 편이 되어주기를
기다리고 또 기다린다

해가 어슴푸레 수평선에 걸칠 때쯤
묵직이 잡아당기는 힘
햐! 요놈
나를 수면 밑으로 데려갈 양 힘을 과시한다
나 또한 지지 않으려
수면 위 아름다움 보여 주고 싶어
바닷속 고동 빌려 나팔소리 높다랗게 울린다

고군분투, 젖 먹던 힘까지
낚싯줄 감고 놓아 주고를
수십여 차례

온몸에 힘이 빠지려는 순간
이놈이 온몸을 솟구치며
저를 보이는 순간
난 넋을 잃어버렸다

하늘에 먹물 퍼뜨린듯한 벵에돔

또다시 힘겨루기
난 승자가 되기 위해
벵에돔은 살기 위해
바다는 제 새끼 놓아주지 않으려는 듯
더 높이 12폭 두루마기 펼치고
나는 등골 땀방울 따라 전력 질주

릴을 감고 풀기를 몇 차례
빗방울인지 땀방울인지 소나기 안개비 온몸으로 들이닥칠 때쯤

몇 시진이 흘렀을까

까마중 닮은 눈동자가 내 눈과 마주치며 나의 품으로
들어오려는 찰나
바다가 나를 채찍질한다 있는 힘껏
나를 밀쳐 삼켜버리기라도 할 듯
내 팔 길이만 한 놈
뻐끔뻐끔 무어라 하는지

미안한 맘 없지는 않지만
나도 먹고는 살아야지

난 기쁨에 벵에는 슬픔에

달순이와 나는 늘어진 해파리 되어
둑방길 따라 콧노래 흥얼흥얼
원래의 자리로 되돌아온다

동그란 해가 하늘 구름 위에서
덩실덩실 춤을 추고 있는 시간에

살아간다는 것

살아간다는 건
어떤 의미일까

무엇에 얽매이며
어떤 것이 옭아매고 있는 걸까?

재두루미 날갯짓에 세상 밖 동경했었던
빨리 나이를 먹고팠던 시간들

이제는 생활에 인간고에 눈물짓고
웃고 떠들며 그저, 그저 하루를 좀먹으며
다락방 먼지보다 찬란한 삶을 걸어간다

아궁이 주둥발 쓰담으며
뜨거운 입김 속으로 나를 밀어 넣는다

하고 싶은 것도 가고 싶은 곳도 먹고 싶은 것도
모두 모두 떠밀려 떠나보내면서
애써 태연한 척 너스레 떨며

친구

먼 곳에서 친구가 찾아왔습니다

세상 반가운 친구의 얼굴은 퉁퉁 부어 있습니다

아무런 말이 없는 친구를 보며
두 손을 감싸는 순간 눈물이 왈칵 쏟아집니다
친구도 말없이 눈물을 닦아 줍니다

한두 번 있었던 일도 아닙니다
그러나
오늘은 억장이 무너집니다

아무런 것도 해줄 수 없는 내 자신이 미안하고 부끄러워
고개를 들지 못했습니다

그녀의 삶은 왜 이리도 기구할까요?
그녀는 왜 아직까지도 이 서러움을 참으며 살고 있을까요?

누구보다도 총명한 아이가 말입니다
누구보다도 사랑스런 아이가 말입니다

호박에 감자 넣고 고추장 풀어 칼칼하게 수제비를 끓입니다
첫 아이 가졌을 때 먹고 싶다고 온 그녀에게
새색시가 아무런 기교 없이 고추장만 듬뿍 넣어 끓여 주었던

여전히 맛있다며 두 그릇이나 비웁니다

며칠 머물다 가라 해도 그러면 안 된다며
애처로운 눈물 감추며 그녀가 문지방을 넘습니다
왜, 왜?
해맑게 웃으면서~~

왕을 사랑한 여인의 恨

서오릉
깊고도 깊은 한적한 후미진 곳에
몇 평 얻어 문패도 수호신도 없이
덩그러니 동그라미 하나 그려놓았다

조선팔도에서 호령하며 군왕의 오른팔이었던 때가 언제
였던가?
앉으나 누우나 그저 내 한 생각으로
깊은 궁궐 거닐었던 내 님이 있긴 했던가?

금방이라도 달려오던 사람아
이제는 어느 여인의 치마폭에 휩싸여 나 희빈을 서인으로
만들었는가?
그저 내 하나만의 낭군이었으면 하는 바람이 그리도 잘못
된 것이었던가?

손톱자국 뭐 그리 대수라고 이리도
죽어서까지도 박대하는 것인가?
옷고름에 맺힌 한 어찌 풀으라고
이리도 매정하게 뒤돌아 누우셨나?

오뉴월 한여름에도 찬 서리 내리는
내 집은 사람들 발길에 차이고 차여
이제는 나비조차도 머물지 않는다오

내가 온전한 희빈이었던 적이 있었던가?
내가 온전한 한나라의 국모였었던 적이 있었던가?
그저 반쪽짜리 인생 살다 간 여인에
불과한 것을

마지막 노년은~

나의 삶은 우아하지 못했습니다
항시 붉게 물든 눈으로 아침을 시작하고
게슴츠레한 눈으로 밤을 맞이했습니다

그러다가
고개 들어 세월을 바라봅니다
하얀 머릿결 사이로 주름들이 수를 놓았습니다

거무스름한 검버섯들이 꽃을 피우고 있는 손등
이곳저곳에서 삐거덕거리는 소리 요란히 들리고
퍽퍽한 심장의 소리는 지금도 나를 채찍질합니다

나의 첫 노년은 우아하길 소망했었습니다
반려견과 함께 가끔은 강가를 산책하는
어느 여배우의 하얀 머릿결처럼 곱닥하길 바랬습니다

빨간 립스틱과 함께 친구들을 만나
카페에서 옹기종기 수다 삼매경에 빠져보기도 하고
고궁의 낙엽 소리도 들어가며 시간을 잊고 싶었습니다

이제
나의 마지막 노년은 소녀이길 희망해봅니다

와인 한잔에 장미 천 송이 하얀 드레스 위로 흩날리는
촛불들이 오솔길을 열어주는
마지막 소녀로의 회귀를 꿈꾸어 봅니다

편견과 오만

한들한들 봄바람
연분홍의 벗꽃 향
하늘 닮은 눈망울

새근새근
젖내 품은 파우더 향
곱디고운 살결
그 속에 내가 있다

깔깔깔 웃음 속의 진실
아픈 상처 동여맨 반창고
침묵 속 눈망울의 떨림
기억조차 버거운 경험들

그 아이 속의 나는
그 아이에게
나의 욕망만 담금질했었다
엄마라는 이름으로

얼마나 외로웠을까
얼마나 힘들었을까
말 한마디, 내색 한번 하지 못한

그 아이를 떠나보낸다
눈에, 귀에, 가슴에
꼬깃꼬깃 접어 넣고서

안아 주세요

안아 주세요 꼬~옥
나도 모르게 뱉은 말 때문에
상처받았을지도 모르잖아요

안아 주세요 꼬~옥
홧김에 휘두른 행동 때문에
마음에 멍이 생겼을지도 모르잖아요

안아 주세요 꼬~옥
나의 외면 때문에
평생 지워지지 않는 아픔 생겼을 수도 있잖아요

안아 주세요 꼬~옥
나의 욕심 때문에
삐뚤어진 다른 길로 가고 있을지도 모르잖아요

안아 주세요 꼬~옥
심장소리 귓전에 머무를 때까지
꼬~오옥

내 새끼라서

빠져도, 빠져도 너무해
온 집안이 너의 옷으로 가득해
어쩜 좋아
밥알 사이에도 너의 옷자락이
으아~~
또 삼켰어

오늘은 이발하러 펫샵에 갔어
천방지축 아들이 조용하네
신기방기
신통방통
간간히 들리는 호통 소리
기분이 나빠지고 있어

이발을 마치고 나온 아들
눈동자를 마주치기 전에는 몰라봤어
으~~ 미안해, 미안해
집에 와서도 풀이 죽어있는 아이
도대체 얼마나 혼냈길래
가끔은 나무라기도 하지만
남이 그렇게 해서 풀이 죽어있으니
거~참~
괜스레 열 받네.

딸을 보내며

곱디고운 빨간 저고리

연분홍 꽃잎 위로 흐르고

바다 닮은 남색 치마

푸르른 하늘 위에서

한 땀 한 땀 수를 놓네

연지곤지 찍은

딸의 미소가 가슴을 적시우누나

시집 가던 날

한 올 한 올
실을 뽑아
한 폭의 병풍을 두르고

한 움큼 한 움큼
새끼 꼬아
한 폭의 자리를 두르고

한 가닥 한 가닥
머리 땋아
새색시 족두리 두르고

한 방울 한 방울
뺨 위로
흐르는 눈물이여

제목 : 시집 가던 날
시낭송 : 박순애
스마트폰으로 QR 코드를 스캔하면
시낭송을 감상할 수 있습니다.

익숙하지 않은 밤

익숙하지 않은 밤에
익숙한 카페라떼의 향에 이끌려
베란다 한켠에 자리 잡은 찻집과 마주한다

가로등 위로 늙은 고양이의 애기울음은 그칠 줄을 모르고
잠자다 일어난 젊은 수컷은 낑낑대며 무릎을 연신 핥는다
두 눈엔 잠이 가득 들었건만
할멈이 걱정되었던지 곁을 떠나지 못하고
마주쳐 올라오는 후덥지근한 열기를 그대로 마주하고 있다

수컷은 지나가는 발자국 소리를 쿵쿵대며 깊은 한숨을 내쉬고
할멈은 홀짝홀짝 커피 한 모금에 비루함을 묻으면서
가끔씩 창틀 사이로 새어 나오는 웃음소리에
고개를 있는 대로 젖히곤 눈알이 빠질 듯이 쳐다보며
희멀겋게 입가를 움찔거린다

타지에 그것도 늙은 여자 혼자서 지낸다는 것이
낯선 이들의 시선에서 자유를 찾으려 애써 외면하는 몸짓이
청량한 맥주 한 모금에 이토록 가슴을 떨게 하는지
그것도 깜깜한 이 오밤중에 느끼게 하는지 참 모를 일이다

낯선 밤 낯선 공간 속의 호흡과 함께 찾아온

축축하고 후덥지근함 속의 낯선 이 편안함은 무엇일까?

貫通(sense)

고단하고 빚진 자들이 모였다
바다내음 강바람 한가득 안고

돛단배 하나 띄워 지류 따라 노를 젓는다
누군가는 꼭 한번은 저어야 할 노

거무시큼한 회색빛 그림자도
맑고 초롬한 산소방울들도
덧없이 걷고 건너는 자리

희로애락 말없이 스쳐 가는 자리

세상에 자연에 우주의 섭리 따라
흐르고 모이는 곳

이곳에

은 여우의 유혹

달 바람 따라 흐르는
안데스사막의 은빛낱알
크리스탈 날카로이
은 여우 꼬리를 곧추세우면
빙하로 둘러친 암벽 사이론 어느새
길 다란 마녀의 모자 드리워지고
곳곳에서 미네랄을 향한 숭배의 포효
요란히 우유니의 정적을 깨워
저 밑 하이얀 맑은 피
뜨거운 해음
날카로운 해후
은빛 오로라 되어 은 여우의 등 갈기를 가르면
생명의 손 갈퀴자국 곳곳에 문신으로 남아
안데스의 고요한 눈으로 내린다.

파라오의 전사들

낙타를 타고 모래폭풍 회오리 속
파라오와 눈 맞춤을 하고 지긋이 웃어 보이면
파라오의 戰列이 불타오르고
전사들의 사기가 쓰나미 되어 광풍을 불러들인다

북소리 따라 파라오의 정령들이 길을 내어주고
전사들의 피가 되어 혈관을 타고
온몸의 근육을 뿜어 마그마를 휘어 감으면
들판 위로 鮮血들의 용솟음 미이라 되어 대지 위로 흩뿌려지고
전사들의 함성, 3천만 년의 역사 위에
내려앉는다.

내 님은

오늘도 어김없이
내 사랑하는 님은
꽁지 실 내어
안채와 사랑채를
보수공사 합니다

새벽이슬 머금은
나풀나풀 나방 한 마리
내 님의 사랑채로 방문
님은 꽁지 실 내어
꼬치꼬치 만들어
추석 상차림 바쁩니다.

월아의 꼬까신

달이 꼬까신을 신었네
행랑채 월아의 꼬까신보다
코가 조금 더 뾰족하게 올라온 걸 보니
달이가 질투를 했나 싶지 않나 하는데...

엊그제 마님이 "월아도 설맞이 해야지?"
머리 쓰담으며 사다 주신 꼬까신
하얀 눈들 사이로 분홍빛 영산홍이
자지러지게 피어 있는

월아는 며칠째 꼬까신 끌어안고
잠을 자는 둥 마는 둥
그리 좋은지~
꼬까신 다 닳아지겠네

월아의 꼬까신은 애지중지
언제나 신을려나?
"그리 좋나?"
마님은 놀려 대느라
양반 체면 다 버린 지 오래되었고

코 높은 달님만이
월아의 꼬까신에 눈 흘기다
아침이 오는지도 몰라

해가 하늘에 서로 다른 모습으로
마주 보며 인사 나누고 있네.

꽃바람

남녘으로부터
거대한 회오리바람
위로, 위로 북상한다

한 줌의 모래알조차도
허락하지 않을 듯이
회색의 모래폭풍 속 가득히
꽃 내음을 품은 채로

연기 자욱이 몽글몽글
피어나는 꽃 몽우리
천리만리 비바람 흩뿌리며

몇 해 전 떠났던 임 발자취 신고
위로, 위로
조금의 쌀쌀함 안고

바람각시의 설렘을 타고

햇살이 비추인다
바람각시의 설렘을 타고
문틈사이로 살포시 내려앉는다
보랏빛 수국의 향취를 가득 품고서

햇살이 비추인다
빗방울의 너울을 타고
창틈 사이로 고개 내밀어 어깨동무한다
푸르른 난 꽃의 향내를 가득 품고서

햇살이 비추인다
그 계절 아련한 추억의 기억을 따라
길 한 모퉁이 우뚝 솟은
구름 꽃 바다내음 미지의 세계를 품고서

양귀비

니가 내 마음을 훔쳤구나
한때의 권세를 위해서

현종의 사랑이 너를 이토록
붉게, 붉게 물들였구나

그 사랑 화선지 한 장 되어
나의 분첩이 되었구나

너의 붉은 입술
너의 숨결
내 안에서 이리도 지긋한 떨림으로 나를 안는구나

벌 나비 너를 훔치려 하나
바람이, 바람이
아~~~ 너를, 너를 놓아주지 않는구나

양귀비 너를
이다지도 이다지도

바람은 아직까지도, 아직까지도

구천을 돌고 돌아 너를, 너를 미쁘게 하는구나

너를, 너를

너의 붉디붉은 옷자락을

들꽃

바람에 흔들려
살풋한 모시 적삼 사이로
젊은 어미의 젖가슴을 훔치는구나
너의 내음에 고개 숙였으나
바람이 먼저 젖내를 훔쳐 달아나는구나
어디로 어디로 가 너를 품어 줄까나
어디 어디에 떨어져
젊은 어미의 한을 담금질할까나

늙은 할멈의 손은
아랫목 청국장을 더듬고
젊은 어미의 한숨은
잠든 아가의 콧망울에 흐드러져
쓰러져 있는 하이얀
목화를 훑어 내리느라 바삐 움직이고
바람이 보듬어다준 작은 생명을 끌어안는구나.

노굿

도심 한복판 쓰러져가는 초가집 담벼락
푹 패인 시멘트벽돌 틈 사이 보랏빛 재즈가 흐른다
네온사인 흔들거리는 틈사이로 와인 한잔 기울이는가 싶더니
다소곳한 새침한 미소 던지며 몸을 흔들거린다

팥죽색 고고히 덧입힌 길다란 고름 위로 가을향이 짙어지면
하이얀 배래 한 켠의 홍조가 노굿을 피워내는 늦은 오후
하늘거리는 섶 사이로 나비 한 쌍, 사랑놀이 숨바꼭질 바쁘다
싸리꽃 노리개 찰랑찰랑 임 찾아 흔들흔들 향기 뿜는다.

충전 중

온몸 보랏빛 향기
쬐꼬만 봉오리도 보랏빛
길게 늘어진 드레스도 보랏빛

무표정의 하늘거림
나비가 와도
벌이 인사해도
난 지금 충전 중이야

생명

보도블록 틈 사이로
가녀린 붉은 꽃
들숨과 날숨을 연거푸 피워내고

뜨끈한 아스팔트의 아지랑이
흙 내음 사이로 삶의 이끼를 끌어안고
고단한 태양의 그림자 따라 바람을 가르면

척박한 땅 깊숙이 뿌리를 내려
꽃을 피우고 씨방 아래 붉은 수줍음
하얀 눈발을 마중한다.

그리움

아름다운 꽃이여
그대, 비내음
그리워하는가?

아름다운 꽃이여
그대, 삐죽한 고개로
무엇을 그리워하는가?

아름다운 꽃송이
한 풀 한 풀 떨어뜨려
온 천지에 그대 향기

난 외롭다네
처절하게 그대를 찾는
나는

그런데
그대는
누구를 외로이 그리워하고 있는가?

3월의 雪(진눈깨비)

목련이 살포시 붉은 연지를 찍고
개나리 노오란 깨끼저고리 덧입히고
매화 연분홍 목도리 둘리우고
살며시 찾아온 봄 색시

새색시 입가에 번지는 봄내음 서러워
3월 말에 세찬 바람 끌어안고
내리는 진눈깨비
해 띄웠다 구름 띄웠다
왜 그런다요? 겨울이란 양반은?

새색시 버선발 적시지 않으려
바람은 끙끙거리고
겨울모자 속의 회오리 휘~휘~~

봄 색시 시집살이 몇 년이나 더 해야 할까?

마실(삼월의 눈)

경칩이라고 청개구리 삼형제 봄 마실을 나왔다
아련한 봄바람 겨울바람에게 인사를 고하는데
겨울바람 콧잔등 시리웁게 나빌리우다가
새침하게 눈꽃송이 휘날리니
삼형제 놀란 눈동자 위로 입만 뻐끔뻐끔
"오늘, 경칩 아니었나요?"

바보 인가봐 봄은

설움이 복받쳐 울고불고
콧물도 눈물도 한꺼번에
토하고 토하고 실성하니

샛노란 꽃망울 봄인가봐
아직도 나무엔 눈꽃송이
오롯한 산중턱 복수초향

얼음위 살폿한 홍매화는
무사의 칼날을 품에안고
스르륵 스르륵 한잎한잎

또르륵 또르륵 또르륵똑
마음을 깨우는 봄아쟁이
바람님 바람님 하늘하늘

커피 한 잔 어때?

바람이 살랑거려
가을이 오고 있나 봐
태풍도 지나가고
이제는 빗방울도 뜸해
햇빛도 더 따가워

그래서 그런지
너가 자꾸 생각나
우리 얼음 동동
커피 한 잔 어때?

커피숍 한 켠에
쭈그리고 앉아
온종일 까르르
뒷담화 수다는 어때?

길

묵묵히 이 길을 걷다 보면
참 편안함을 느끼곤 한다

그 어떤 것들도 감히 침범하지 못하는
오롯한 나만의 시간

가슴이 열리고
눈과 귀가 즐거워지는 길

진한 풀잎 향과 나무진의 향이
바람을 타고 나의 뇌를 자극하는 길

이 길을 나는 오늘도 걷는다
어쩌면 내 영혼도 사랑할지도 모르는 이 길을

달달한 아메리카노나 은은한 향 꽃 향이 나는 차를 음미하면서

그 그리움의 끝

하얀 설이 홍매화를 품고
고운 님 서러움에 겨워
치마끈 사이로 가녀린 어깨 들썩이며
그 붉은빛 너울너울 화선지 적시는구나

첩첩산중 꽃가마 따라 상여줄 부여 매고
노란나비 하얀나비 따라
그 한을 노래하니
그 붉은빛 나풀나풀 가슴을 찢고 찢는구나

내가 죽어야 내가 죽어야
내 고운님 뵐 수 있을까요?
이리도, 이리도 고운 님 얼굴 화사한데
어디 계신가요? 헛것만 내 손에 잡혀 허공을 맴도네요

그리워한들 올 수 있나요?
그리워한들 안길 수 있나요?
내 붉은 연지 그 뺨에 붉게, 붉게 물들일 수 있나요?
그리만 할 수 있다면 그리만 될 수 있다면

아~~
오늘도 내일도 이리 할 것입니다
내 님 그 고운 얼굴 뵈올 때까지
이 능선 방석 삼을 것입니다

벚꽃이 하늘을 덮을 즈음에

3월 말 즈음에
제주는 온 들녘이 분홍빛으로 물들였었지
조금은 일찍 찾아온 따스함으로
봄 나무들이 몸살을 앓던 날

어두컴컴한 구석의 한 자리에선
고양이마냥 몸을 웅크린 채
어깨를 들썩이며 울음을 삼키는 여인이 있었지

수술실엔 남편의 고통 소리 색색거리고
여인의 눈엔 진분홍빛 눈물 흐르고 또 흐르고
해로,
화사함으로 사뿐사뿐 걸어오기도 전
무심히 되돌아가고 있었지

이 사람

내 가슴에서 살아간다
잊혀져 가다가도 다시 찾아온다
그리움이란 단어를 품고서

내가 흔들릴 때마다 나를 다독여준다
내 어깨를 살포시 감싸 안고서

내 눈물의 의미를 아는지 모르는지
가끔은 새하얀 이를 드러내놓고 웃어준다
마치 나를 울지 못하게 하려는 듯이

나를 웃게 하는 이 사람
내가 웃을 수 있게 용기를 주는 사람
나를 다시 일어서서 걷게 하는 사람

난 이 사람 하나 때문에
지금 이 길을 또다시 걷는다.

하소연

누구한테 하소연하오리까?
나 그대 사모하고 있노라고

누구한테 떼쓰오리까?
그대 내 맘 왜 몰라주느냐고

누구한테 내 맘 전하오리까?
붉은 연지 이토록 꾹꾹 눌러 바른 연유를

누구한테

너에게 했었던 거짓말들

너에게 모질게 했었던 그날
사실은 그렇게 할 수밖에 없었던 내 자신이 싫어서
나의 이런 마음 들키고 싶지 않아서 했었던 말과 행동들이었어

다시는 보고 싶지 않다고 했던 말
사실은 네가 미치도록 보고 싶었어
너에게만은 내가 너만을 바라보고 산다고 말하고 싶지 않아서
네가 나를 가벼이 볼까 봐 두려워서 했었던 말이었어

네가 첫배를 타고 나에게로 달려왔던 그날
너를 반가이 맞지 못했었던 건
다시 돌아가라고 했던 말
사실은 네가 나 때문에 너의 일을 소홀히 할까 봐 그랬던 거야
사실은 그날 난 너무나 행복했었어
지금도 그날을 생각하면 행복해져
네가 내 옆에 있는 것 같아

네가 내 곁을 떠나갔던 날

너의 물건을 가지러 왔던 날

너의 행복해하던 그 얼굴을 봤을 때

난 덤덤하게 너를 대하고 보내주었지만

내 가슴은 찢어지고 무너졌었어

다시는 너를 볼 수 없다는 걸 알기에

네가 나에게로 돌아왔던 날

난 세상을 얻은 것처럼 행복했었어

그러나

네가 나하고 같이 있을 때도

그 사람을 사랑하고 있다는 걸 느꼈을 때

너를 떠나왔지만

사실은 죽고 싶을 만큼 외로웠었어

너를 사랑하지 않는다고

네가 다시는 내게로 오지 않아도 좋다고 말했지만

사실은 그 많은 시간이 흘렀음에도

난 너를 그리워하고

네 모습이 보고 싶어 사진들을 뒤적이고

너의 목소리가 듣고 싶어 날마다 전화기를 만지작거리고 있어

나 자신도 모르게

난 너를 가슴 떨리도록

사랑하고 있나 봐

아직도

아니

영원히

그럴 것 같아

너에게로 다시 돌아갈 수 있을까?

임 그리워

언덕 너머로 해 하나 지고 간다
불그스름한 꽃 한 송이
임의 창가에 피우려고
훠이훠이 옷소매 나부끼며 간다
저리도, 저리도 임 그리울까?

소낙비 사이 하염없는 그리움 너머로
소리 하나 지고 간다
커다란 *海溢* 하나 안고서
훠이훠이 옷소매 나부끼며 간다
저리도, 저리도 임 그리울까?

소리 하나

퐁
낙엽 한 잎
계곡을 깨우고

탁
도토리 하나
산의 정적을 깨우고

휴~
긴 한숨
내면의 소리를 일깨우네.

국화 향

하얀 국화 향기
곡소리 따라
내를 만들고

노랑 국화 향기
감국 되어
찻잔을 데우고

보랏빛 국화 향기
호롱불 되어
조상님 전 향불 피우고

백설 품은 동백

바람이 차다
창밖은 온통 백설기

하얀 백설기의 떨림
그 입술 사이로 붉은 립스틱의 향연

아직은
아직은
봄소식 없는데...

백설은 처녀의 눈망울에, 입술에
붉은 입맞춤으로 가슴을 애태운다

다시 또 널 만나면

다시 또 널 만나면
흐노니한 사랑이기를

또바기 동살처럼
예그리나 이기를

해류뭄해리 가시나처럼
늘 해랑하여 괴 받기를

사랑옵다 사랑옵다하며
크렁크렁한 사랑이기를

난 너의 달보드레한
한별이었으면 좋겠다

시나브로, 시나브로 피어나는

임이여

임이여
청보리 휘파람 따라 오셨나요?
아카시아 향기 따라 오셨나요?
장미 가시 멍울 따라 오셨나요?

임이여
달빛 어린 紗窓 사이 그림자
막새(瓦當) 따라 흐르는 발자국 소리
間瓣 연꽃 향 도포 자락

임이여
오셔요, 오셔요
가야금 풍경소리 따라
어여, 어여

해 슬피 우는

옛것의 향기가 머뭅니다
차 한 잔에 담긴 수많은 얘기들
향기만큼이나 오래오래 회자 되겠지요

가랑비 내리는 창밖으로
매화꽃 잎 한잔 띄워 보내옵니다
옛사랑 기억하기라도 하실지 몰라

맷돌 위로 떨어지는 한 자락의 음률
당신이 들려주었던 거문고의 노래
당신을 알게 한 음률 내 손등 위로

청초롱 해 슬피 우는 봄바람 맞으며
가락지 사이사이 튕기우고
꽃잎 한 장에 달 따라 그립니다

임 좇는 밤

하얀 찻잔 위로 흐르는
보랏빛 창포 향

본향을 품어버린 밤

홀로 화선지 먹물 입히는
손등 위로

푸르륵 푸르륵
푸드득 푸드득

백로 한 마리
짝 찾아 달빛 좇아

날아오른다

思慕하여

내
당신을 思慕하여 思慕하여
이 벽돌담 틈 사이사이
이지러진 넝쿨 따라
손 내밀었었지요
맑은 눈동자 마주하고파

내
당신을 戀慕하여 戀慕하여
모서리 한 귀퉁 사이사이
알알이 영글은 은행알 따라
물들였었지요
시조 읊조리는 맑은 목소리 듣고파

내 당신을 相思하여 相思하여
깊은 골 가막살나무 사이사이
하이얀 꽃 뭉게뭉게 향내내어
숲 향 만들었었지요
난초꽃 향 내미는 손길 여미고파

가을하늘 (부제 : 독백)

그대 내 절기의 중년으로 다가오는 이여
푸른 하늘 붉디붉은 노을을 드리우는구려

천공으로 한 뼘 한 뼘 수를 놓는 그대는
타향에서의 내 그리움의 그리움이구려

살 에이게 푸른 하늘을 눈동자에 담아 내놓는 그대는
하늘 위 청공을 가르는 한 무리의 고추잠자리 되었구려

그대의 푸르름은 계곡 위 산사의 단풍으로 태어나고
난 그대의 단풍으로 고고하게 이 자리에 서 있구려

그대만을 향한 나는

사랑은 하되 미치지는 마라

미쳤어

미쳤어

미쳤어

미쳤어

미쳤다

미쳐 버렸다

너 때문에

너를 향한 나의 마음 때문에

옆구리 시린 밤

옆구리 시린 밤
코빼기 앞에서 들려오는 굿거리장단
안아주지는 않고 코 쉰 바람만 푸우 뿌우

있어도 이리 시려오는데
없는 이 어떠할까?

등골 가려운 밤
옆굴탱이에서 들려오는 자진모리장단
긁어주지는 않고 콧뿔 소리만 핥딱핥딱

있어도 이리 괴로운데
없는 이 어떠할까?

해맞이

서리 내리는 논둑길을 걸어, 걸어
한 숨 한 숨 입김 불며
산등성이 느티나무 아래 앉아
이제 막 기지개 켜는 붉은빛 눈부심을 마주한다

매일 보았던 저 얼굴이
오늘은 유난히도 둥글 거린다
주황빛 접시 위에 가지런히 놓인 사과 하나
내가 먼저 한 입을 베어 물었다
누군가가 다 먹어 버렸던 아쉬움 앞에서

소원 하나
민낯으로 다가오는 햇살에게
살며시 쥐어 준다.

이 맛에

들썩이는 어깨
앙다문 입술

고요한 눈빛
흐르는 눈물

소주잔에 흐르는 고뇌
말할 수 없는 아픔

허리를 감싸는 손길
따스한 온기

등 뒤로 전해지는 무게감
톡 톡 톡 전해지는 평안함

진한 냄새 온 방 안을 적시고
지그시 찰랑이는 건배

한잔에 위로를 받고
정 한 톨에 위안을 얻고

이 맛에

이 맛에

또, 다시
세상 앞에 선다

雪武

하이얀 안개꽃 사이로
바람을 가르는 소리

휘리릭, 휘리릭 휘~
휘릭, 휘리릭 휘~

그리곤
거친 숨소리

또다시
휘리릭 소리만

새까만 형체만이 안개에 휩싸여
거친 숨소리와 끈끈한 땀 냄새를 품고

솔바람을 일으키고 산을 삼키며
거친 刀로 포효하게 하는가

오늘만큼은

오늘만큼은 그대를 사랑하려 합니다
그대가 지난날에 베풀어 주셨던 사랑 앞에
묵묵히 저를 잠재우려 합니다

오늘만큼은 그대를 용서하려 합니다
지난날들의 상처 곪아 아픔이 다 가시진 않았지만
작은 웅덩이에도 만 가지 기쁨이 있기에

오늘만큼은 그대와 같이 거닐까 합니다
두 손 마주 잡고 깔깔거렸던 이 황토의 길을
휠체어 바람 가득 실어 한 장의 꽃잎 만들려고 합니다

오늘만큼은 소리내어 크게 웃으려 합니다
내 가슴속 달들이 지고 태양이 떠오르도록
허파 속 심장 빨간선혈 용솟음쳐 두근거릴 수 있도록

제목 : 오늘만큼은
시낭송 : 임숙희
스마트폰으로 QR 코드를 스캔하면
시낭송을 감상할 수 있습니다.

사랑은 하되
미치지는 마라

정옥령 시집

2021년 5월 21일 초판 1쇄
2021년 5월 25일 발행
지 은 이 : 정옥령
펴 낸 이 : 김락호
디자인 편집 : 이은희
기 획 : 시사랑음악사랑
연 락 처 : 1899-1341
홈페이지 주소 : www.poemmusic.net
E-Mail : poemarts@hanmail.net

정가 : 10,000원
ISBN : 979-11-6284-281-2